교실-소리 질러

장인수 시인

충북 진천 출생.
2003년 《시인세계》 신인상 당선으로 등단.
시집 『유리창』, 『온순한 뿔』
현재 중산고등학교 근무.
질문이 살아나는 즐거운 교실, 통합교과 토론 수업,
말하기와 글쓰기의 참여형 수업에 열정을 가지고 교실에 들어서고 있다.
매일 웃음 57㎏, 질문10㎏, 쓰기 5㎏을 발산하고 있다.
su031777@sen.go.kr

교실-소리 질러

장인수 시집

문학세계사

"네 아버지는 평생 악한 말을 한 번도 뱉은 적이 없는 분이다."
아버지의 지인들이 하신 말씀이다.
그 얘기에 나는 고개를 들 수 없었다.

교실에서 나는 얼마나 독한 말들을 제자들에게 쏟아부었는가?
미안하구나.
용서해 다오.

고등학교
교실에는 만 개의 공감과 천 개의 아픔이 있다.
교실은 아장스망agencement, 젊음의 우드스탁

봄비 내린 직후
천만 송이의 꽃봉오리가 일시에 벙그는 것처럼

교실—소리 질러!

장인수

차례

2 교실, 어떤 풍경에 발목을 헛디딘 아침

3 교실은 대초원이다

4 교실, 가스통이 청춘을 굴린다

1

교실, 천만 송이가 일시에 피어난다

교실은 청정 지역

압도적인 재난 앞에서도
학생들은
미친 듯이 웃고, 떠든다.
백석의 시를 읽고
바흐의 칸타타를 듣고
걸그룹의 〈흔들려〉를 듣는다.
종북, 친일, 극우, 핵무기, 관피아
아무리 세상의 언어가 험악해도
고등학교 교실은
청정 지역
비무장지대
즐거웠던 기억이나 좋았던 감정을 많이 나눠야겠다.
해학의 언어를 많이 사용해야겠다.
칭찬을 더 많이 해야겠다.
어른들보다 더 명랑하고 활기찬 사람으로 자라서
더 멋지고 위대한 나라의 목자가 될 수 있도록!

어쩔 수 없이

살아야만 하더라도

환란의 비바람 모질게 불어도

더 밝은 표정으로 학생들을 대해야겠다.

담임도 버리다

그동안 고생이 많았어요.

버릴 것은 버리세요.

책상 서랍 속에서, 사물함 속에서

학생들의 뼈와 살이 쏟아져 나온다.

믿음 교과서를 버린다.

행복 슬리퍼와 소망 체육복을 버린다.

근면 귀마개와 성실 학용품을 버린다.

멀쩡한 것들도 가차 없이 버린다.

챙길 것은 챙기라고 애원을 해도

학생들은 통쾌하게 버린다.

빈자貧者가 된다.

공수래공수거가 된다.

드디어 담임도 버린다.

졸업식을 한다.

미련없이 떠나간다.

후련하다.

고요가 남는다.

빗방울의 파닥임을 들으러 휴게소로 갈까?

귀뚜라미 목젖의 떨림처럼 비가 내린다.

텅 빈 교실에서 홍어 냄새가 나는 것도 같다.

사물함에서 새어 나오는 실내화와 체육복의 냄새.

"비가 내리면 고속도로 휴게소에 가고 싶어요.

그곳에서 주룩주룩 마유주처럼 질척거리며

뽕짝 노래를 듣고 싶어요."

우리 반 학생 중에 한 명이 그런 말을 했었다.

그러면서 윤태규의 〈마이웨이〉를 흥얼거렸다.

아주 멀리 왔다고 생각했는데 돌아볼 곳 없네

누구나 한 번쯤은 넘어질 수 있어.

교통사고로 부모를 잃은 소년가장이었다.

그 녀석에게서 푹 삭은 홍어 냄새가 난다.

갑자기 텅 빈 교실의 칠판에 이런 문구를 써 본다.

"누가 신선한가?"

아빠처럼 살까

남자 고등학생들은
'아빠처럼 살지 않겠다'는 말을 거의 쓰지 않는다.

아빠가
술주정을 해도
돈을 못 벌어도
엄마를 힘들게 해도
'아빠처럼 살지 않겠다'는 말을 하지 않는다.

그러면서 어느새
아빠를 잃고
요리사의 꿈을 잃고
간호사의 꿈을 잃어가지만

남자 고등학생들은
'아빠가 불쌍하다'라고 쓴다.

불쌍한 존재가 되었다는 사실조차 모르고

학생들은

아빠의 존재를 닮아 간다.

귀가 귀를 사귄다

고2와 47세의 선생님이
하루에도 몇 번씩 귓속말을 주고받는다.
소곤소곤
수컷끼리
달팽이관끼리
귀로 말하고
귀로 울고 웃는다.
전혀 은밀하지도 않은 말도
은밀하게 만든다.
귀를 모시고
귀를 사귄다.
속닥속닥
녀석은 다정해지고 싶은 것이다.
밀착을 하고 싶은 것이다.
마음을 훔치고 싶은 것이다.
귓속말 주의보를 발령할까?

거부할까?

상처받으면 어쩌지?

질풍노도가 넘어지다

느닷없이 폭우가 쏟아진다.
하굣길
제자와 우산을 같이 쓴다.
지하철 역까지 삼백여 미터
거친 비바람에
떴다, 가라앉았다, 출렁이며 쓸려가는데
녀석이 갑자기
"고맙습니다."
한 마디 툭 뱉어 내고 후다닥 뛴다.
빗속을 달려가다가
어느 여고생 앞에서
신발이 홀러덩 벗겨지고
와락 길바닥에 잉어처럼 퍼덕인다.
이 순간 나도, 녀석도
비명과 웃음이 동시에 쏟아진다.
폭포처럼.

벽을 뛰어넘다

사는 것이 즐겁다
벽을 점핑하고
건물을 타고
훌렁 고양이처럼 넘을 수 있어서 좋다
아무도 나의 벽타기를 막을 수 없지
수직은 수평보다 재미있는 놀이터
학교가 꽉 막혔어도
아빠라는 높은 벽이 있을지라도
나는 벽 따위는 훌훌 뛰어넘지
나는 야마카시가 좋아
낙법과 착지는 재밌어
벽은 문이 없는 확 트인 길
벽은 마술
아무리 높아도
훌쩍 넘을 수 있지

아버지, 제 손맛 어때요?

민수 녀석이
볼따귀가 벌개서 등교했다.

"아버지가 또 때렸냐?"
"손맛이 맵냐?"
녀석은 대꾸를 하지 않는다.

"오늘 저녁에 김치찌개 끓여라."
녀석에게 만 원을 건넨다.
한사코 받지 않는다.

"나중에 이자 쳐서 갚아라.
김치찌개 끓여서 아버지 술 한 잔 따라 드려라.
아버지, 제 손맛 어때요?"
라고 꼭 여쭤 봐라.

불호령

한 달 만에 집에 갔다.

빈손으로 갔다.

"한 달 만에 집에 오면서 빈손으로 오는 아들놈이 어딨어?"

엄마는 삼천 원을 주면서 불호령을 내렸다.

십 리 길 걸어서

슈퍼에 가서 약주 세 병 샀다.

그제서야 엄마는 큰절을 받았다.

다음 날

삼만 원 한 달 용돈과 학비를 받고

집을 떠났다.

기숙사로 돌아오는 버스 안에서 눈물이 찔끔 났다.

운동장에서 두부를 먹는다

손두부를 오만 원 어치 샀다.

막 쪄낸

따끈한 손두부를 운동장으로 가져갔다.

40명의 학생들이 수육과 두부를 먹는다.

동글동글 콩이었던 살결

고소한 간수

몽글몽글 영혼의 알갱이

첫잠 누에처럼 말랑하고 물컹한 젖

찰흙의 속살

1박 2일 올빼미 인성 함양의 날 행사

텐트를 치고

운동장 한가운데 빙 둘러 앉아

촛불을 켜고

야간 산행을 하고

부모님께 편지 쓰고

두부김치와 수육을 먹는다.

형식과 틀을 으깨고

잘게 부순다.

꿈틀거리며

몽글몽글 먹는다.

학교는 창문이 많다

민준은

멍 때리는 고딩이다.

수업 시간마다

창밖 하늘을 뚫어져라 본다.

어느새

녀석은 날개를 달고 날아다닌다.

젖소도 날고

고래와 코끼리도 함께 날아다닌다.

뇌가 광활하게 논다.

하늘은 녀석의 놀이터다.

가끔 혼자서도 웃는다.

하늘에는 압박과 설움이 없는 것일까.

푸르딩딩

마음이 멍든 사람들은

하늘을 우두커니 볼 일이다.

창문 너머로

학교는 창문이 가장 많은 건물.

하늘이 잘 보인다.

저금통이 가득한 교실

미술 선생님은

전 세계 3천여 종의 저금통을 수집했다.

양, 기린, 하마, 토끼, 얼룩소, 물개, 쥐, 호박, 사과, 깡통 저금통

교실에 수십 개

저금통을 매달아 놓았다.

천장에서

웃는 '팬더 저금통'

칠판에서

웃는 '도라에몽 저금통'

붕붕붕 '타요 저금통'

춤추는 저금통, 인사하는 저금통, 혀를 내미는 저금통

땡그랑 한푼~ 땡그랑 두푼

애벌레 '라마 저금통'

'포켓몬스터 저금통', '요괴워치 저금통'

교실은 컬처 신화가 싹튼다.

계곡은 샘물 저금통

숲은 산소 저금통

교실 옆에 폭탄이 떨어져도

일어나기 무섭게

학교 가기 무섭게

밥 먹기 무섭게

학원 가기 무섭게

수업 끝나기 무섭게

방학 하기 무섭게

'무섭게'가 와락 달려들었다.

'죽도록'이 또 와락 달려들었다.

죽도록 공부하고

죽도록 운동하고

노래방 가서도 목 터져라 죽도록 노래 부르고

놀 때도 죽도록 놀아야 한단다.

정말 죽도록 살아야 하나?

"제자들아,

교실 옆에 폭탄이 떨어져도

집중력을 발휘해서 수학 문제를 마저 풀어야 한다.

그게 멋진 학생의 자세가 아니겠니?"

선생님들은 그렇게 말씀하신다.

엄마와 아빠도 너희들을 위해서

죽도록 일하면서 살고 있다고 말씀하신다.

정말

죽도록

무섭게

살면

더 가치 있고, 행복할 수 있을까?

광대가 되자

시장 바닥처럼

입에서 입으로 건너다니는 언어.

국어 시간의 50%는 떠드는 것이어야 한다고 생각했다.

낭독을 하고,

주장을 하고,

설득을 하고,

큰 소리로 우렁차게 대사를 읽어야 한다고 생각했다.

그런데

아무리 노력을 해도

어떤 수업은 쥐 죽은 듯이 고요하고 엄숙하다.

이 시대를

시끌벅적 건너기가 어려운 광대들아.

국어 시간에는

광대의 언어가 숭어 떼처럼 날뛰어야 하는데

광대도 침몰을 당하고

관객도 격침을 당했구나.

천만 송이가 일시에 피어난다

성남시 분당구 야탑동
메모리얼 파크 남서울 공원묘지
소년 가장 혁수와 함께 자주 노니는 곳이다.

봄이 되면
천만 송이 꽃잎이 일시에 피어난다.

수만 기 무덤을 뜯어먹고, 빨아먹으며
동시다발로 피어나는
꽃대궐, 꽃궁궐

"선생님, 이것 해석해 주세요."

국한문 혼용체 묘비명이다.
삶과 죽음을 압축한 문패
돌에 새겨진 수천 명의 여행담을 읽는다.

가끔 햇살에 널어 말리는 이불처럼

공원묘지로 소풍을 간다.

울음의 우드스탁

제자들의 겨드랑이에는

홉스굴 호수의 출렁임이 있다.

기러기 떼가 있다.

목덜미가 푸른 청둥오리 떼가 있다.

'초록'의 자유를 향해

시원始原을 따라

거친 하늘, 호수, 바다, 산맥, 사막의 만유인력을

넘어가는

철새 떼.

제자들의 겨드랑이에는 구름 냄새와 새 떼가 산다.

책가방도

태고의 신비를 향해

삼림한계선을 넘어가는 울음 혈청

끼룩끼룩

하늘 북을 울린다, 울부짖는다.

자신의 울음을 다 각혈하며

창공을 노을처럼 물들이는
울음의 우드스탁.

2

교실, 어떤 풍경에 발목을 헛디딘 아침

나의 신부님

제자는 '나의 여인'이다.
제자들아, 애칭으로
'마이 달링, 마이 허니, 나의 꿀물'이라고 부르마.
"너희는 나의 신부로다.
나는 너희들의 신랑이 될 것이다."

―으웩!
―변태!
―남자끼리 동성애자?
―쌤요, 제 앞길을 가로막지 마세요.
―음탕한 탕자가 될까요?

어라?
이게 아닌데.
말실수로구나.

손을 만지다

국어 선생님은
자꾸 내 손을 만진다.
"오늘은 손이 차구나."

국어 선생님은
자꾸 내 손을 감싼다.
"오늘은 손이 따스하네."

국어 선생님은
자꾸 내 손을 만진다.
"나중에 훌륭한 일을 많이 할 손이야."

오늘은
내가 먼저 국어 선생님의 손을 덥석, 와락 잡았다.
"선생님, 오늘은 손이 차네요."

수업 방해는 무죄다

교실로
무당벌레 두 마리 들어왔다.
짝짓기 비행을 하고 있었다.
난리났다.
"이불 속 인간보다 진화했는가?"
벌레의 출현에 환호성을 지를 만큼 핫뉴스인가?
학생들의 결여된 심리 상태가
열광, 환희의 격렬한 반응으로
폭발하는 것은 아닐까라고 문득 생각해 보니
이 또한
얼마나 거룩한 풍경인가?

'수업 방해'라는 미학적 범죄는
무죄에 가깝거나
오히려 선善에 가까운 것은 아닐까.

오줌발이 뚝, 딸꾹질을 하다

교직 경력 20년 만에

드디어 매를 대지 않게 되었다.

등대가 뱃길을 비추듯이

학생들을 바라보자.

하지만 오늘 또다시 매를 댔다.

코를 골며 책상 속으로 스며드는 얼굴에게

매를 댔다.

아, 나는 파계를 한 못난 스승이구나.

화장실로 가서

한숨을 쉬었다. 그때,

"천지지지지자지아지天知地知子知我知, 자지子知"

옆을 보니 말썽꾸러기 민석이다.

'사지四知'는 우리 반의 급훈.

하늘이 알고, 땅이 알고, 네가 알고, 내가 안다는 뜻.

항로를 기억하는 등대의 눈빛처럼.

"선생님, 엄마보다 저를 더 잘 이해해 주세요."

스승을 놀리던 제자가

볼일을 보면서

느닷없이 이런 말을 툭, 뱉었다.

오줌발이 뚝, 딸꾹질을 했다.

고추가 쪼그라들었다.

어떤 풍경에 발목을 헛디딘 아침

"이봐, 젊은이. 이 나무 뺑 차 주면 고맙겠구먼."
돌아보니 처음 보는 할머니였다.
느닷없는 부탁에
경로사상이 투철한 나는
발길질을 했다.
나무가 휘청거리며 쏟아 내는
유쾌 발랄 까르르르르 황금빛
놀라운 음표들의 불시착!
"젊은이, 세 번만 더 차 주면 고맙겠구먼."
나는 또 찼다.
마술에 걸렸다.
짜릿한 경로사상이여!
아, 늙은이, 할망구!
"더 세게. 더 세게! 젖 먹던 힘까지!"
굽은 허리의 할머니는 흥분의 도가니가 되었다.
그제야 내가 무슨 짓을 하고 있는지 알아차렸다.

은행털이범!

젖 먹던 힘으로

아침 7시 10분 등교길, 헉!

나는 얼마나 느닷없이

풍덩! 어떤 풍경에 발목을 헛딛는 것일까!

느닷없는 질문

붉은 청동 구릿빛 수탉처럼
다짜고짜 홰를 치며 맹공격하는
성깔 사나운 녀석 때문에

오늘은 웃고 말았다.

"선생님,
친구의 머리카락에 묻은 비듬이
반짝반짝
아름답다고 느낀 적 있나요?"

라는 느닷없는 물음 때문에.

헛소리

오늘 졸업식을 마쳤다.

오후에

병원에 들러

주사를 맞고

쌍화탕을 먹었다.

밤새 끙끙 앓았다.

끝내 졸업식에 참석하지 않은 3명의 이 나라 제자.

수능 시험 망쳐서

'듣보잡대'도 못간 놈,

'지잡대'는 무작정 거부하는 놈들.

졸업이 창피한 녀석들.

언제 몰래 와서 졸업장을 가져갈 것인가.

몇 년 후에 올 것인가.

정말 오긴 올 것인가.

이 나라 국민으로

살아가려면

언젠가는 오겠지.

꿈속에서 "이놈아!" 제자를 부르며 헛소리를 했다.

꿈틀, 꿈을 담는 틀

저는

'듣보잡계' 출신의 전자업계 CEO가 될게요.

고졸 생선장수가 되겠습니다.

서울대 나온 농부가 되고 싶어요.

우주 청소부가 될래요.

술 잘 먹고, 야생 버섯을 잘 채취하는 자연인으로 살게요.

목욕탕 주인이 되겠습니다.

숲을 가꾸는 꾀꼬리 정원사가 되겠습니다.

곤충을 좋아하는 가로등이 될래요.

꿈틀거리며 살겠습니다.

'무용지용無用之用'을 배우면서

학생들이 발표한 내용이다.

쓸모없는 존재는 없다는 뜻이다.

"그러다가 밥이나 빌어먹고 살겠어요?"

수염아, 네 멋대로 살아라

새벽 5시, 거울을 보니 밤새 수염이 웃자랐다.
내 얼굴에 출몰하는 이놈 수염,
남성 호르몬을 남발하는 이놈의 자슥
내 얼굴에 쳐들어와서
피부를 야곰야곰 묵정밭으로 만드는 녀석!
촌놈 선생이 되자는 생각으로
일부러 수염을 깎지 않은 적도 있었다.
관우의 수염 흉내를 냈으나
이래저래 어울리지 않는다.
수염아,
차라리 너는
얼굴 밖의 세상으로 쭉쭉 뻗어 가거라.
나의 통제를 벗어나
네 멋대로 미치광이의 삶을 살아라.
천상에 가 닿을 차마고도의 험난한 길을
폭설처럼 휘날리는 야크의 털이 되어라.
내 얼굴 따위는 짓뭉개 버려라.

학교에 가서도

감각령의 긴 수염아,

네가 얼굴을 도배하고 수업을 하렴.

발작, 창밖으로는 벚꽃

긴 복도 끝에서

행복 대걸레를 밀고 온다.

흡연으로 교내 봉사활동 징계를 받고 있다.

창밖으로는 벚꽃이 흩날리고 있다.

능선을 혼돈混沌으로 몰아가듯이

흰꽃이 흩날리고 있다.

아, 씨발

담배 연기를 날리고 싶다.

꽃 지르며, 발작을 하고 싶다.

꽃들아,

조용히 핀다고 사기치지 마라.

이럴 때는

하얀 연기의 꽃향기가

콧구멍에서 솟구친다.

행복 대걸레에 물을 잔뜩 묻혀서

긴 복도를 내달린다.

사랑 빗자루로 계단을 쓴다.

지랄, 짜증 폭발이다.

알타미라 벽화를 그리는 집

창문으로 빗물이 뚝뚝뚝 새어들어
알타미라 벽화를 그리고 있다.
병원에 있던 아버지는
한 달 전 종적을 감추었다.
추석이 다가오지만
아버지는 소식이 없다.
"한恨의 정서가 있는 학생 손들어 봐."
아무도 손을 들지 않는 교실.
"없어? 그러면 한恨은 우리 시가詩歌의 전통 정서가 아니네?"
국어 선생님이 재차 삼차 확인해도
우리 학급에는
한恨을 지닌 친구가 아무도 없었다.
내일은 엄마 제삿날
오늘은 라면을 끓이자.
소주 한 잔 할까.
아, 씨발

비 졸라 퍼부어라.

우리 집 둥둥 떠내려 가거라.

오늘은 혀의 극락이었다

여름방학 보충 수업을 **빠졌다**.

자전거를 타고 샛길로 백 리를 달려갔다.

안양 중앙시장에 가서

연탄불 곱창구이를 먹었다.

꼬물꼬물 씹는 맛에 **빠졌다**.

다른 이유는 없다.

자전거가 가자는 대로 갔을 뿐이다.

저잣거리의 미뢰味蕾* 세포가 시켰을 뿐이다.

되새김질을 했다.

노릇노릇한 소화기관.

혀의 극락이었다.

왕따의 아픔도, 고독한 청춘도

음식처럼 씹어서

내 몸 안의 세계로 깊이 끌어들이는 일이구나.

내일 담임에게 얻어터질지라도

미각에게

맡겨 버리자, 오늘을.

해의 긴 혀가 서산을 핥고 있었다.

엄마 소가 송아지를 핥듯

선분홍색이었다.

　*미뢰: 미각의 감각기관. 맛봉오리라고도 한다.

포옹, 와락

곁에만 가면
안아 달라고 두 팔을 활짝
펼치는 제자가 있다.
화장실에서 만나도 포옹!
계단에서 만나도 포옹!
수업 중에도
녀석 근처로 다가가면 포옹!
와락, 웃는다.
"야, 징그러운 놈아,
강아지냐? 맨날 안아 달라고 하게."

"제가 선생님을 껴안은 거예요. 모르셨어요?"

이 세상을 몽땅 껴안을 것만 같은 녀석이다.

파도의 몸짓

문화 체험 활동을 와서

묵호 등대를 본다.

태허太虛 앞에 섰다.

구해九垓를 향해 함성을 지르는 학생들아,

수평선이라는 담장을 훨훨 넘어가는 너희들의 목소리.

바다 밖의 영역

탈경계로

무극으로

떠나는 수컷의 힘찬 목소리.

바다는 늘 갓 태어난 갓난아이처럼 온몸이 주름투성이.

뒤 파도가 앞 파도를 가르며 써레질한다.

경계 너머의 탈영토,

시원始原의 몸짓으로

파도는 60억 년을 쉬지 않고 출렁이고 있다.

지구의 생성과 함께 했다.

그리하여 시간은 파도처럼 흐르는 것인지도 모른다.

시간은 지금도 수평선 너머에서 밀려오고 있다.

파도의 몸살보다 더 아픈 몸짓이 어디 있으랴.

제자들아, 저것이 너희들의 몸짓이겠지?

늑대의 울음

47년을 살아오면서
누군가를 향해
큰 소리를 친 적이 거의 없다.

하지만
교실에서는 예외다.

천둥과 맞장을 떴다.
망아지들을 향해 영각을 켰다.
늑대의 울음을 따라 했다.
광폭의 파워 메탈 음악을 연주하며
초신성으로 폭발하는 젊음의 우드스탁!
인류 역사상 가장 똑똑하고 착한
신세대 외계인들의 눈빛이 이글거리는 교실.

왜 나는 교탁 앞에만 서면

목이 아프도록

큰 소리를 쳤던가.

사달이고, 큰 병통이다.

3
교실은 대초원이다

도둑도 시詩를 탐냈다

—역사 수업

옛날

우리의 선조들은

백정도, 갖바치도, 농투산이도 시詩를 읊조렸다.

할머니도 시를 읊었다.

도둑들이 값나가는 물건을 훔치다가도

담장 너머 시詩 읽는 소리가 들리면

물건보다도 시를 탐냈다.

아이와 엄마가 시를 서로 주고받았다.

들판과 아버지가 시를 서로 읊었다.

지금

우리는 그런 역사를 이어받고 있니?

허공을 날아다니는 연어알들
―체육 수업

탁구공 백 개를 준비했다.
탁구공에 쓰고 싶은 말을 써서
친구들에게 던지게 했다.
허공을 날아다니는
욕설들,
다음 날 탁구공 백 개를 또 준비했다.
탁구공에 쓰고 싶은 말을 써서
친구들에게 던지게 했다.
허공을 날아다니는
미안, 사과, 칭찬들,
연어알들!

교실은 대초원이다

―국어 수업

지금 서로 의견이 갈려서 토론 수업을 하고 있는 교실이

하느님께서 지으신 자유롭고 광활한 대초원이 아니라면 과

연 어디겠는가?

그렇지 않고서야 어찌 풀이 저토록 끈질기게 교실 가득 푸르

딩딩 자라나고 있겠는가?

울부짖고, 뿔질을 하고, 저녁을 끌며 야초를 뜯는 산양이 가

득하겠는가?

공자와 세종대왕과 김일성과 박정희와 이순신이 느닷없이

교실로 들어와서는

광대와 광녀와 목동과 유목민과 화가를 만나고 있다.

그들은 마유주를 함께 마시고 있다.

내일의 그래프

─수학 수업

χ는 미지수

χ는 좌표로 주어지기도 하고, 각도로 나타나기도 한다.

χ는 술잔의 모습으로 나타나기도 한다.

$f(χ)=χ^2$는 누구나 가지고 있는 희망의 변수.

$f(χ)$는 노년 부양비.

$f(χ)=aχ^2+bχ+c$는 결혼.

인생은 수치와 공식으로 나타낼 수 없지만

$f(χ)$는 무수한 함수와 음악과 연애.

χ가 y를 만나고

$πr^2$이 굴러가며

포물선이라는 삶의 리듬을 탄다.

만나면 헤어지는 인생의 기울기

오늘에서 내일로 가는 그래프.

χ는 미지수.

빛깔의 미적분

―수학 수업

창가를 바라보니

인테그랄 엑스제곱 더하기 이엑스 더하기 삼의 오승 곱하

기로

흩날리는

복사꽃 춤사위

$y(x,t) = Asin(2\pi/Tx - 2\pi/Tt)$

꽃은 세상에서 가장 아름다운 수학 공식.

내 손에 쥔 것은 형광펜

창밖엔 시험에 안 나오는 연분홍 꽃잎.

복사꽃이 붉게 보이는 이유는

붉은 색깔이어서가 아니라

반사하는 빛의 파장이

오백칠십오 나노미터이기 때문.

빛깔도 미적분의 세계로 풀어 볼까?

복사꽃이 한들한들 예쁜 이유는

아차차, 인테그랄 이엑스는 엑스제곱.

서로의 삶을 돌리는 힘

—물리 수업

힘과 거리를 곱한 차원을 갖는 '돌림힘'

사랑은

멀리서 보아야 아름답다.

돌고 돌아

서로에게 균형을 주는 힘.

작용점, 받침점 거리, 힘점, 장력의 방향.

아버지와 아들 사이

팽팽하게

떠받치고

서로의 삶을 돌리는 힘.

무거운 하늘을 함께 떠받치고 있다.

양이온이 방출하는 에너지

—화학 수업

모든 만남과 헤어짐은 이온화에너지.

사랑도

불신도

이온화에너지.

너와 나를 연결하는 전자 친화도.

전자를 한 개 떼어 내고

전자를 두 개 떼어 내면서

방출하는 에너지.

달빛도

바람도

낙엽도

양이온이 될 때 방출하는 에너지.

너와 내가 손을 잡을 때

서로 웃을 때

화를 낼 때

전자 한 개 떨어져 나가고

껍질이 벗겨진다.

칸트에게 청산별곡을 배우다

―문학 수업

고려속요 「청산별곡」을 배우는데
『순수이성비판』*을 밑줄을 치며 읽는 녀석이 있다.
책 두께가 어마어마하다.
「청산별곡」은 때려치우고
녀석에게 발표를 시켰다.
거칠 것이 없다.
그림을 그리면서 설명한다.

"개의 눈, 굴절 안경, 모기의 주파수, 사기꾼, 이성의 권력 남
용죄, 코페르니쿠스적 전환……."

이 녀석의 입에서 튀어나오는 용어들이다.
「청산별곡」을 때려치우기를 잘했다.

*『순수이성비판』: 임마누엘 칸트의 책

벽화를 그리자

―미술 수업

교실 벽에 너를 붙여라.

사물함에 선생님을 붙여라.

칠판에 친구를 붙여라.

무슨 내용이든 좋다.

쪽지, 사망 신고서, 편지, 반성문, 사진, 격문……

만화를 그려도 좋고

시를 써도 좋다.

인생의 벽에 부딪힐 때마다

삶이 깜깜한 벽이라고 느껴질 때

오늘의 도배 수업을 떠올리면 좋겠다.

벽과 친해지거라.

세상은 벽이다.

'최우수 엄마 표창장'을 만드는 녀석도 있다.

'담임 독촉장'을 만드는 녀석도 있다.

먼 미래에게 '유언장'을 쓰는 녀석도 있다.

벽에 여래如來를 그려 넣는 녀석이 있다.

정육점에 걸린 고깃덩어리

─윤리 수업

옆 친구를

사물이나 동식물로 표현해 보자.

샌드백으로 표현했구나.

전봇대로 표현했구나.

개라고 했네.

무지개라고 했구나.

역지사지易地思之의 자세

입장 바꿔 생각해 보기

뿔 달린 염소로 표현했구나.

절벽에서도 균형을 잘 잡는 당나귀로 표현했구나.

정육점에 걸린 고깃덩어리로 표현했구나.

방자 수업

― 문학 수업

춘향전 상황극을 하는데

학생들이 가장 하고 싶은 캐릭터가

춘향이도, 이몽룡이도, 변사또도, 월매도 아니라

방자를 하고 싶어했다.

그리하여

한 반에 방자가 30명이 넘는 것이었다.

별주부전 상황극을 하는데

토끼, 자라, 용왕, 쏘가리, 숭어, 문어, 민어, 장어, 새우……

온갖 물고기 역할을 다 하는데

토끼와 별주부가

눙치기, 추켜세우기, 얼르기, 겁주기, 칭찬 하기, 핀잔 주기,

조롱 하기 등등의 온갖 말하기 기법으로 논리 싸움을 하는데

서서히, 나중에는 대립 관계에서 벗어나

서로 한패가 되고,

간담상조肝膽相照의 친구가 되는 것이 아닌가.

아주 요상한 상황극이 되었다.

감각을 감각하라

—시 창작 수업

청각, 미각, 촉각, 통각, 공감각?

푸른 배춧잎을 갉아먹는 애벌레의 감각.

딱다구리가 쫄 때 생나무가 겪는 감각.

착각도 감각.

발가락, 손가락에 수천 개의 감각이 있단다.

오감이 전부는 아니다.

우리 행성에는 수만 개의 감각이 넘실거린다.

감각을 찾아라.

반응하라!

인간이 절대 따라갈 수 없는 감각을 감각하라.

"선생님, 시를 쓰라는 거예요? 말라는 거예요?"

피리 부는 사나이
─음악 수업

도둑들도 피리를 좋아했다.
무사武士들도 좋아했다.
피리 소리에 맞춰
호랑이도 덩실덩실 춤을 추었다.
수천 마리의 쥐들이
골목에서 나와
피리 부는 사나이를 따라갔다.
피리를 불면
바다도 감동을 했다.
고래도
숭어도
춤을 추었다.
수평선 근처에서는
끊임없이
피리 소리가 들려오고 있다.

화분에 담배씨를 키우다
—생명과학 수업

너희는 세상의 겨자씨가 되라는 말을 의심한 학생들이
화분에 겨자씨를 심었다.
담배씨보다 작은 씨앗은 없다는 담임의 말을 불신한 학생들.
수업보다는 화분에 더 관심이 많다.
담뱃잎이 토란잎처럼 넓어진다고
관찰 일기를 쓰는 녀석도 있다.
"쇠비름은 뿌리가 뽑힌 채 뙤약볕 속에 달포를 두어도 살아
나는 풀이란다."
그 말을 맹렬하게 불신한 학생들이 쇠비름을 키우기 시작했다.
풀 일기를 쓰고 있다.

호르몬

―화학 수업

"수업 시간에 왜 자꾸 자니?"

"선생님의 치마를 몰래 찍고 싶니?"

"또 훔쳤니?"

"호르몬이 시킨 일이에요. 호르몬이 자고, 찍고, 훔쳤어요."

"호르몬이 솔로몬보다 위대하구나. 너의 멋진 호르몬이 너를 깨울 거야."

목욕탕 철학

―정치 수업

"우리 학급 단체로 목욕탕에 갈까?"
"서로의 등을 밀어 주고 발을 씻어 주면 어떨까?"

"인권 침해입니다."
"프라이버시 침해입니다."

"직장에서도 상사와 부하, 동료가 함께 목욕을 하면 좋지 않
겠니?"
"노사와 여야 국회의원들도 함께 등을 밀어 주면?"

"찜질방이면 괜찮지 않을까?"
"학생의 기본권을 무시한 괴짜 철학입니다."

교실을 역설법으로 표현하기
― 국어 수업

추한 아름다움이다.

시끄러운 묵상이다.

흙탕물의 맑음이다.

뜨거운 얼음덩어리다.

환한 어둠이다.

시꺼먼 눈부심이다.

고요가 가득한 텅빈 들판이다.

영원한 찰나다.

대초원의 비좁은 다락방이다.

동글동글 굴러가는 조약돌 반석盤石이다.

제자는 스승의 스승이다.

새는 하늘을 품고, 하늘은 새를 품는다.

"어, 그거 역설법 맞나?"

4
교실, 가스통이 청춘을 굴린다

죄 같지도 않은 죄

"오늘은 놀고 싶다"고 말을 한 학생들은 청춘을 낭비한 죄.

"넌 누구를 닮아 이 모양이니?"라고 한숨을 쉬는 엄마들은

엄마의 사춘기를 잠시 망각한 죄.

"또 너야? 사람 구실 하겠어?"라고 혀를 차는 선생님은

말실수를 한 죄.

빈 자리

참새 둥지를 닮아서 별로 아플 것 같지 않은 빈 자리.

오히려 예쁜 보조개 같은 빈 자리.

옹달샘 같은 빈터.

비어 있어야 할 자리.

비움의 미학.

하지만 빈 자리는 곪고 있다.

담임도, 엄마도, 친구도 공범일 가능성이 크다.

깨

깨를 턴다.

선풍기를 돌려 바람을 부른다.

알맹이만 남아라.

쭉정이, 티끌, 보푸라기, 부스러기, 잔가지, 깨벌레는

바람을 타고 날아가거라.

날아가 쌓이는 것들이

알맹이보다 훨씬 많구나.

저것들이

알맹이를 감싸고, 보살폈겠지.

껍데기가 더 소중했구나.

교실에도

껍데기 덮어쓴 학생들이 모여 있다.

깨밭처럼.

탑

길가의 크고 작은 돌도

몇 개

간조름 포개 얹으면

소중한 돌탑이 된다.

너덜이

너덜을 만나

기도하는 탑이 된다.

3학년 3반 교실에 38개의 돌탑을 쌓고 있다.

그런데

마음 위에 마음을 얹으면

당나귀 솜 봇짐이 되는 경우도 있다.

제자의 마음에

스승의 마음을 얹으면

모두 소중한 탑이 되지는 않는다.

도토리는 숲을 흔든다

허공이 바스락 구겨졌다.
흔들리는 나무의 중심을 다람쥐들이 잡아 주었다.
대모산 숲의 허리가 접혔다가 펴졌다.

"참나무에서 나오는 소리를 받아 오자."

나무들의 큰 흔들림을 붙들고 있는 잔잔한 흔들림이 있다.
그것을 도토리라고 부르기도 한다.
교실이 그렇다.

아침에 눈을 뜨면

대모산 전체가
빼곡한 잔가지의 세상이다.
얽히고설킨
잔가지 사이 허공은 무진장 깊은데
허공 밖은 어디인가?

대모산에 둘러싸인 학교

등교하자마자
곧바로
강력한 시스템의 일부가 되어 버리는 것.
교복을 입는 순간
존재하는 것보다 더 큰 전체의 일부분으로 존재하는 것.
존재감 없는 존재에게도 존재하는 것.

산이여!

허공의 무한 자유에 실핏줄처럼 뻗은

잔가지들의 예술이여.

저곳이 교실이다.

하느님의 공책을 엿보다

"올라가!"

주문을 외면
쑥쑥쑥 넝쿨처럼 자라거라, 모든 책상아.
초고층 크레인처럼
천공까지 올라가서
아래를 내려다보며 하는 수업

"올라가!"

아득한 하늘 학급에 올라가서
하느님의 공책을 훔쳐보고는

"어! 하느님도 낙서를 많이 했네."
"출세 공부가 아니네."

터벅터벅

대모산 둘레길을 갈 때
뒤처지는 발걸음이 있었다.
낙타여
노새여
소금짐을 지고 가는 당나귀가
그들의 동행자처럼 보였다.
그런데 터벅터벅
예수님도 함께 걸어오고 계시는 게 보였다.
행렬의 꼬리에서
"힘들어서 좋지? 짜식아."
"꼬리에 있으면 더 넓은 세상을 볼 수 있지."
"예수님, 초코파이 드실래요?"
대화를 나누며
천천히
동행하고 있었다.

새 떼의 비상

수십만 청둥오리가 지구의 혈액인 노을 앞에서 군무를 춘다.
시뻘건 울음의 유성! 울음 혈관, 울음 혈청
울음의 동력으로 지구를 자전시키는 새 떼.

"새의 울음에 화답해야 하지 않는가?"
라고 모의 작당하는 학생들.

저마다 무한궤도를 꿈꾸는
초신성의 광기로
살짝만 건드리면
영혼이 총궐기하는
학생들.

빛 그물

사춘기 아들은 자전거를 끌고 나가서 소식이 없다

다섯 시간이 넘었다

아내는 모임에 나갔다

역시 세 시간 넘게 소식이 없다

나는 슬리퍼를 끌고 산책을 나간다

샛별이 뜨고 있다

빛 그물이 소리없이 펼쳐진다.

지구는 우주에서 왔다

어스름이 그물을 친다.

아들아,

수학 학원 갈 시간이 지났는데……

참새를 두려워하는 공황장애 참새

조잘조잘
떠들기를 두려워하는 참새
웃음을 무서워하는 참새
참새를 두려워하는 참새
가 있을까?
우리 학급에는 서너 명 있다.

대한민국의 아들로 태어나
세계의 청년으로 거듭날 학생들 중에 있다.

참새에게도 창조주의 깊은 뜻이 깃들어 있을까?
푸드득 깃을 치는 참새들.

단풍, 번쩍!

고딩 때의 선생들을 만나면
한 대 후려치고 싶어지는 가을이다.
귀싸대기 날리고 싶은 가을이다.
특히, 2학년 때 담임은 최악이다.
혈청까지
벌겋게
얼얼하게
번쩍! 정신이 들도록
단풍이 드는 가을이다.
코피가 터지도록
노을 속 붉게
보복을 하고 싶은 계절이다.

고3 급훈

"일주일에 한 번은 집안 청소를 직접 하자."
'고3학년 5반 급훈'이다.

아무리 공부하느라 바빠도
일주일에 한 번은
집안 청소를 하자.
행복 걸레가 되자.
무릎 꿇고 구석구석을 닦아 보자.
생生의 밑바닥을 따스한 손길로 만져 주자.
꿈틀거리며
구슬땀을 흘려도 보자.

엄마들의 모임에서 들려오는 말
"담임 혹시 결벽증 환자 아니에요?"
"고3 애들이 공부할 시간도 없는데 걸레질이라뇨?"

복사꽃 그늘 아래

꽃그늘에서 야외 수업을 하자꾸나.

모녀母女가 사진을 찍는다.

복사꽃은 마치 오래된 유전자를 공유한 것처럼

쌩긋 눈웃음을 치는데

딸은 사진 찍기를 거부한다.

잔뜩 겁에 질린 표정이다.

엄마는 "괜찮아. 예뻐."를 반복한다.

그래도 어린 딸은 두려워서 울음을 막 터트릴 것만 같은 표

정이다.

엄마는 "웃어 봐, 활짝."이라며 사진을 찍으려 한다.

딸이 기어이 앙 울음을 터뜨린다.

서럽게 운다.

모녀母女가 서로를 부둥켜안는다.

복사꽃 그늘 아래서

목젖 붉도록 운다.

자전거를 연주하다

자전거 ♩ ♪ ♩

강물 ♫ ♫ ♫

자전거 ♪ ♪ ♫ ♫ ♩

성수대교 ♪ ♪ ♪ ♪

4+4+4+4=16

3+3+3+3+4=16

풀벌레 ♫ ♫ ♫ ♫ ♪ ♪

자전거는 오늘 70킬로를 달린다네.

콧노래를 부르며

드럼이 되어

리베라 아코디언이 되어 달린다네.

공명음이 되어

집과 엄마로부터 도망을 친다네.

'신음과 호흡곤란'을 섞어서

왼발을 연주하고

오른발을 연주하며

선생님, 함께 연주를 하며

달려 볼까요?

가스통이 청춘을 굴린다

한꺼번에 가스통 두 개를 굴린다.

왼손과 왼발로

빙글빙글

또 한 통은

오른손과 오른발로

삐딱한 자세로

쓰러질 듯 말 듯 잘도 굴러간다.

골목을 꺾어

더 깊숙한 골목으로 굴러가는 통! 서커스!

모자를 삐딱하게 쓴 녀석이

LPG 가스통을 굴린다.

묘기를 부리며

데굴데굴

퉁퉁퉁퉁

가스통이 녀석의 몸을 춤추게 한다.

청춘이 굴러간다.

청정한 대초원을 적셔 가는
파도의 함성과 몸짓

청정한 대초원을 적셔 가는 파도의
함성과 몸짓

유 성 호(문학평론가, 한양대 교수)

　장인수 시집 『교실—소리 질러』(문학세계사, 2015)는 시인 자신의 경험적 실재가 한편으로는 애정과 열망으로, 한편으로는 통증과 회한으로 펼쳐져 있는 우리 교육 현장의 생생한 육성의 기록이자 선명한 도록圖錄이다. 우리가 기대하는 학교 교실은, 다른 사람의 삶과 상상력에 참여하고, 미답未踏의 세계에 대한 새로운 지식을 획득하고, 인간 정신의 자료들을 유추함으로써 자신의 삶을 보다 더 이해할 만한 것이 되게 하는 방향으로 구성되어야 할 것이다. 하지만 언제부턴가 교실은 경험의 부피를 늘려 가는 상승과 생성의 공간보다는 여러 난경 속에서 하강해 가는 공간으로 우리에게 그려지기 일쑤였다.

　장인수는 바로 그 상승의 요구와 하강의 현실이 교차하는 '교실'을 직접 시의 대상으로 삼는 새로운 모습을 보여 준다. 장인수에게 '교실'이란, 각 부의 소제목이 연쇄적으로 암시하듯이, 천만 송이가 일시에 피어나는 곳이고, 어떤 풍경에 발목 헛디디게 하는 곳이고, 넓디넓은 야성의 대초원이자 가스통이 청춘을 굴려 가는 곳이기도 하다. 경험적 비근함과 직접성을 가진 공간에서 시인은 이곳이 "아장스망agencement, 젊음의 우드스탁"(시인의 말)이라고 말한다. 프랑스 철학자 들뢰즈G. Deleuze가 창안한 '아장스망'이란 존재자들이 새롭게 배치되고 구성됨으로써 전혀 다른 새로운 존재로 변화하게끔 하는 구조를 뜻하는데, 그만큼 시인에게 교실은 여전히 생성과 변형을 거듭하는 젊음의 광장인 것이다. 이제 시인―선생님이 들려주는, 그 아름답고도 아픈 젊음의 청정 공간으로 들어가 보자.

압도적인 재난 앞에서도
학생들은
미친 듯이 웃고, 떠든다.
백석의 시를 읽고
바흐의 칸타타를 듣고
걸그룹의 흔들려를 듣는다.
종북, 친일, 극우, 핵무기, 관피아

아무리 세상의 언어가 험악해도

고등학교 교실은

청정 지역

비무장 지대

즐거웠던 기억이나 좋았던 감정을 많이 나눠야겠다.

해학의 언어를 많이 사용해야겠다.

칭찬을 더 많이 해야겠다.

어른들보다 더 명랑하고 활기찬 사람으로 자라서

더 멋지고 위대한 나라의 목자가 될 수 있도록!

어쩔 수 없이

살아야만 하더라도

환란의 비바람 모질게 불어도

더 밝은 표정으로 학생들을 대해야겠다.

 ─「교실은 청정 지역」 전문

　교실에 닥쳐 온 "압도적인 재난"에도 불구하고 학생들은 여전히 맑기만 하다. 교실은 백석과 바흐와 걸그룹과 시사용어들이 잠시 학생들의 웃음과 떠들썩함 속에 머물다 흩어진다. 그래도 교실은 여전히 청정 지역이고 모든 것이 무장을 해제한 자

유로운 곳이다. 이러한 궁극적 긍정의 마음으로 선생님—장인
수는 즐거웠던 기억과 좋았던 감정을 더 많이 학생들과 나누고,
해학과 칭찬의 말들을 더 많이 써야겠다고 생각한다. 왜냐하
면 그 기억과 감정과 해학과 칭찬 속에서 아이들은 "어른들보
다 더 명랑하고 활기찬 사람"으로 성장해 갈 것이고, 결국에는
"더 멋지고 위대한 나라의 목자"가 될 것이기 때문이다. 그렇게
교실은 "환란의 비바람"에도 불구하고 "더 밝은 정으로 학생들
을 대해야겠다."는 선생님—장인수의 다짐을 생성시키는 둘도
없는 아장스망인 셈이다. 결국 이 시편은 시집 전체의 서시로서
"허공의 무한 자유에 실핏줄처럼 뻗은/잔가지들의 예술"(「아침
에 눈을 뜨면」)을 가능하게 하는 선생님—장인수의 교실에 대한
자기 긍정의 마음을 도탑게 보여 준다. 그러니 "창문이 가장 많
은 건물./하늘이 잘 보인다."(「학교는 창문이 많다」)는 학교에 대
한 최종 명명이 가능하지 않았겠는가. 이 시편 뒤로 시인—장인
수는 아이들의 모습들을 바라보는 자신의 마음을 일종의 성장
내러티브로 감싸면서 정성스레 배열해 간다.

　제자들의 겨드랑이에는

　흡스굴 호수의 출렁임이 있다.

기러기 떼가 있다.

목덜미가 푸른 청둥오리 떼가 있다.

'초록'의 자유를 향해

시원始原을 따라

거친 하늘, 호수, 바다, 산맥, 사막의 만유인력을

넘어가는

철새 떼.

제자들의 겨드랑이에는 구름 냄새와 새 떼가 산다.

책가방도

태고의 신비를 향해

삼림한계선을 넘어가는 울음 혈청

끼룩끼룩

하늘 북을 울린다, 울부짖는다.

자신의 울음을 다 각혈하며

창공을 노을처럼 물들이는

울음의 우드스탁.

— 「울음의 우드스탁」 전문

시인―선생님에게 교실이라는 청정 공간을 채운 학생들은

그들 특유의 에너지와 브랜드를 가지고 있다. 가령 그들은 겨드랑이에 호수의 출렁임을 감추고 있고, 그 호수 위로는 기러기 떼와 청둥오리 떼가 날아다닌다. 초록의 자유가 넘실거리는 '시원始原'은 그 새 떼들의 비상이 귀착하는 곳이자, 근원적 자유에 대한 희원을 고스란히 은유하는 지경地境을 암시한다. 그 은유의 힘을 빌려 학생들은 하늘과 바다와 산맥과 사막도 다 넘어간다. 그러니 그들은 "삼림한계선을 넘어가는 울음 협청"으로 "태고의 신비"를 찾아가는 새 떼들인 셈이다. 그 뒤로 펼쳐지는 "창공을 노을처럼 물들이는/울음의 우드스탁"의 형상은 선생님―장인수가 일상적으로 만나는 교실의 딜레마 곧 각혈과 울음을 담은 채 펼쳐지는 비상飛翔 의지를 잘 보여 준다. 참 섬세한 시인―선생님이다. 그 섬세함으로 선생님―장인수는 「담임도 버리다」에서 아이들이 교실을 떠난 후 남은 '고요'를 느끼기도 하고, "사물함에서 새어 나오는 실내화와 체육복의 냄새"(「빗방울의 파닥임을 들으러 휴게소로 갈까?」)를 맡기도 한다. 정말로 "제자는 스승의 스승"(「교실을 역설법으로 표현하기―국어 수업」)인가 보다. 하지만 학생들의 일상을 들여다보면 그 팍팍함과 고됨이 안쓰럽지 않겠는가. 시인―장인수는 그 모습들을 아이들의 실감 그대로 담아 낸다.

긴 복도 끝에서

행복 대걸레를 밀고 온다.

흡연으로 교내 봉사활동 징계를 받고 있다.

창밖으로는 벚꽃이 흩날리고 있다.

능선을 혼돈混沌으로 몰아가듯이

흰꽃이 흩날리고 있다.

아, 씨발

담배 연기를 날리고 싶다.

꽃 지르며, 발작을 하고 싶다.

꽃들아,

조용히 핀다고 사기치지 마라.

이럴 때는

하얀 연기의 꽃향기가

콧구멍에서 솟구친다.

행복 대걸레에 물을 잔뜩 묻혀서

긴 복도를 내달린다.

사랑 빗자루로 계단을 쓴다.

지랄, 짜증 폭발이다.

— 「발작, 창밖으로는 벚꽃」 전문

교실 복도에서 '행복 대걸레'를 밀고 있는 학생의 모습은 학교 어디서나 쉽게 찾아볼 수 있다. 흡연하다 적발되어 청소하고 있는 복도의 창밖으로는 희디흰 벚꽃이 흩날리고 있다. 아이들이 흔히 내뱉는 비속어를 낱낱이 기록하면서, 시인―선생님은 창밖의 발화發花와 복도 안의 발작을 대비시킨다. 벚꽃처럼 흩어져 갈 '담배 연기'를 갈망하며 학생은 어느새 저 꽃을 지르면서 발작을 하고 싶다고 되뇌고 있다. 꽃들의 난분분과 콧구멍에서 숫구칠 연기가 겹쳐지면서 '행복 대걸레/사랑 빗자루'에 묻은 "지랄, 짜증 폭발"을 감내하는 학생의 모습이 다분히 해학적이고 안쓰럽기도 하다. 바로 그 순간 "꽃은 세상에서 가장 아름다운 수학 공식"(「빛깔의 미적분―수학 수업」)이 되고, 비록 학교가 흡연과 청소를 죄와 벌로 규정하고는 있지만 시인―선생님은 그 관계를 창의적으로 변형하여 벚꽃과 담배 연기의 환한 겹침으로 읽어 내고 있는 것이 아닌가. 시인―선생님의 마음 깊은 데서 우러나오는 "나의 통제를 벗어나/네 멋대로 미치광이의 삶을 살아라."(「수염아, 네 멋대로 살아라」)는 외침이 묵음으로 들리는 듯하다. 그러니 그런 선생님―장인수 곁에 이런 학생도 있을 수 있는 게 아닌가.

곁에만 가면

안아 달라고 두 팔을 활짝

펼치는 제자가 있다.

화장실에서 만나도 포옹!

계단에서 만나도 포옹!

수업 중에도

녀석 근처로 다가가면 포옹!

와락, 웃는다.

"야, 징그러운 놈아,

강아지냐? 맨날 안아 달라고 하게."

"제가 선생님을 껴안은 거예요. 모르셨어요?"

이 세상을 몽땅 껴안을 것만 같은 녀석이다.

— 「포옹, 와락」 전문

이 학생은 선생님께 포옹을 주문하는 독특한 취미를 가졌다. "두 팔을 활짝/펼치는 제자"는 얼마나 당혹스럽고 또 대견할까. 화장실에서나 계단에서나, 심지어는 수업 중에도 학생은 선생님이 다가오면 "포옹!/와락" 하면서 웃는다. 선생님께 포옹을 주문해 놓고서도 그 아이는 꼭 "제가 선생님을 껴안은 거예요. 모르셨어요?"라고 말한다. 진짜 선생님―장인수의 교실은 전혀 다른 질서를 만들어 내는 아장스망인가 보다. 그리고 그 언어와 몸짓 속에서 아이는 "세상을 몽땅 껴안을 것만 같은 녀석"으로 성장해 간다. 참으로 선생님―장인수의 생각에 학생들은 "기숙사로 돌아오는 버스 안에서 눈물이 찔끔"(「불호령」)나는 착한 아이들이고, 어디에도 "쓸모없는 존재는 없다"(「꿈틀, 꿈을 담는 틀」)는 것을 일일이 증명해 주는 아이들인 것이다. 이는 한결같이 교실에서 "역지사지易地思之의 자세/입장 바꿔 생각해 보기"(「정육점에 걸린 고깃덩어리―윤리 수업」)를 실천하는 선생님―장인수의 열려 있는 품과 높은 격 때문에 가능한 것일 터이다. 그리고 우리는 그 열린 시선으로 청정한 대초원으로서의 교실이 하나 가득 들어오는 것을 목도하게 된다.

지금 서로 의견이 갈려서 토론 수업을 하고 있는 교실이

하느님께서 지으신 자유롭고 광활한 대초원이 아니라면 과연 어디겠는가?

그렇지 않고서야 어찌 풀이 저토록 끈질기게 교실 가득 푸르딩 딩 자라나고 있겠는가?

울부짖고, 뿔질을 하고, 저녁을 끌고 야초를 뜯는 산양이 가득

하겠는가?

공자와 세종대왕과 김일성과 박정희와 이순신이 느닷없이 교실
로 들어와서는

광대와 광녀와 목동과 유목민과 화가를 만나고 있다.

그들은 마유주를 함께 마시고 있다.

— 「교실은 대초원이다─국어 수업」 전문

교실은 논쟁 중이다. 서로의 의견으로 타인을 설득하는 토
론 수업을 하고 있는 교실은 어느새 "하느님께서 지으신 자유
롭고 광활한 대초원"으로 몸을 바꾼다. 풀들이 끈질기게 자라
나고, 산양들이 울부짖고 뿔질하고 야초를 뜯는 곳이기 때문이
다. 그 대초원에는 없는 것이 없다. 성인과 정치인과 장군들도
출몰하고 "광대와 광녀와 목동과 유목민과 화가"도 불쑥불쑥
자기 존재를 드러낸다. 그들이 함께 마시는 '마유주'야말로, 이
곳이 대초원이라는 아장스망을 구축하고 있음을 암유한다. 그
초원을 상하로 질주하면서 시인─장인수는 자유로움의 극치가
바로 교실의 정점을 이루며, 그 정점에 가 닿는 수직의 움직임
이 얼마나 가치 있는지를 힘주어 강조한다. 그 힘으로 아이들은
시인─선생님의 시선에 의해 가장 역동적인 파도로 태어난다.

교실이라는 대초원이 그 파도에 밀려 가고 젖어 간다.

문화 체험 활동을 와서

묵호 등대를 본다.

태허太虛 앞에 섰다.

구해九垓를 향해 함성을 지르는 학생들아,

수평선이라는 담장을 훨훨 넘어가는 너희들의 목소리.

바다 밖의 영역

탈경계로

무극으로

떠나는 수컷의 힘찬 목소리.

바다는 늘 갓 태어난 갓난아이처럼 온몸이 주름투성이.

뒤 파도가 앞파도를 가르며 써레질한다.

경계 너머의 탈영토,

시원始原의 몸짓으로

파도는 60억 년을 쉬지 않고 출렁이고 있다.

지구의 생성과 함께 했다.

그리하여 시간은 파도처럼 흐르는 것인지도 모른다.

시간은 지금도 수평선 너머에서 밀려오고 있다.

파도의 몸살보다 더 아픈 몸짓이 어디 있으랴.

제자들아, 저것이 너희들의 몸짓이겠지?

— 「파도의 몸짓」 전문

선생님─장인수는 바다 한가운데 선 등대를 바라보면서 '태허太虛'의 세계를 경험한다. 수평선을 넘어가 '구해九垓'를 찾아가는 학생들의 함성이 꼭 "탈경계로/무극으로/떠나는 수컷의 힘찬 목소리"처럼 들린다. 그리고 바다는 늘 갓 태어난 아이처럼 온몸의 주름으로 "경계 너머의 탈영토, /시원始原의 몸짓"을 쉬지 않는다. 그 순간, 시인─장인수는 수평선 너머로부터 밀려오고 있는 오랜 시간을 바라보면서, 파도의 몸짓이 바로 제자들의 힘찬 기운이자 가능성임을 기원하고 또 각인한다. 그 바다에서 시인─장인수는 "피리를 불면/바다도 감동을 했다./고래도/숭어도/춤을 추었다./수평선 근처에서는/끊임없이/피리 소리가 들려오고 있다."(「피리 부는 사나이─음악 수업」)라고 노래하는 것이다. 그렇게 장인수 시편에는 청정한 대초원을 적셔가는 파도의 함성과 몸짓이 아름답게 파동치고 있다. 시집 제목인 '교실─소리 질러'에서 그 '소리'는 이처럼 파도가 오래도록 지구의 생성과 함께 외쳐온 바로 그 함성일 것이다.

모레티F. Moretti에 의하면 본래 '성장' 개념은 근대의 상징적 형식 가운데 하나이다. 미성숙한 소년에서 성숙한 성인이 되어 가는 과정과 근대 세계가 변화되어 가는 과정 사이에 깊은 유비적 연관이 있다는 것이다. 하지만 우리 시대는 순조로운 성장은 커녕 오히려 성장을 거부하려는 반反성장의 태도가 미만해지고 있는 불안한 시대이다. 그 점에서 우리가 장인수 시편을 읽는다는 것은, 성년 이전의 순수성을 바라보는 과정인 동시에, 성년 세대에 대한 순응과 거부를 통해 성장과 반성장의 이중주를 이루어 가는 과정과 마주하는 것이기도 하다. 그 점에서 장인수 시편 속의 아이들은 성년을 향해 가는, 하지만 성년에 대항하는, 그리고 어쩌면 성년을 선취해 버린 경험과 지혜를 다양하게 보여 주는 아장스망의 구성원들이다. 활력에 차 있는 그들의 모습을 감싼 채 발화되는 시인—선생님의 목소리가 참으로 애잔하고 환하게 번져 온다. 그 순간 정말 교실에서는 "도둑들이 값나가는 물건을 훔치다가도/담장 너머 시詩 읽는 소리가 들리면/물건보다도 시를 탐냈다."(「도둑도 시詩를 탐냈다—역사 수업」)는 믿지 못할 풍경도 가능해지지 않겠는가. 그러니 시인—선생님이 들려 주고 보여 주는, 청정한 대초원을 적셔 가는 파도의 함성과 몸짓이 어찌 아름답고 소중하지 않으랴!

교실-소리 질러

장인수 시집

초판 1쇄 발행일 2015년 3월 25일
지은이 · 장인수
펴낸이 · 김종해
펴낸곳 · 문학세계사
주소 · 서울시 마포구 신수로 59-1 (121-856)
대표전화 · 02-702-1800 ｜ 팩시밀리 · 02-702-0084
mail@msp21.co.kr ｜ www.msp21.co.kr
페이스북: facebook.com/munsebooks
출판등록 · 제21-108호(1979.5.16)

값 10,000원
ISBN 978-89-7075-603-5 03810